# sound & color

高塚謙太郎 詩集

やすらいはなや
やすらいはなや

sound
&
color

# 春にはるの

雨のうかんだうたのあと
てのひらにおちた凪は
はなれゆくものの
ごらん
ひとつのきれいさだった
棚にならんでいたそろいものの本の
いろどりにならんですわると
凪にうたは
めぐるだけのにおいやかさで
はらひらふらりと
ねむりをねむりはじめた
いずれたたかいがきても

わすれがたいのは春にははるの
ねむりがいきていたということ
吹いているものは
ひたすらであったということ
耳うちしておしえてあげたいと
いきているのも
風がつれていってしまうのかもしれない
いっしょにふとんにもぐりこんで
ひとがとびちるおとをきくことが
春いちばんのようにおもえるような
いきかたをだれもが紙のうえに
かいていくのを
わたしはよんで
ねむりをねむるのかもしれない

# わたしは本ののどになりたい

かべにぺたぺたとはっていく
おりがみや
かいもののこころおぼえ
ひっくるめてわたしたちは寒さをしのぐのです
ただ書いているわたしは
のどに書いているため
こえがおもわしくない
いろいろなできごともいつのことなのか
知りえないとおもうのです
たくさんの人たちが死んでいる
書いてみてわたしをゆるしてもいいと
かべをみながらいえますか
わたしが人をころすとするなら

ことばがすることなのです
血をながしているのどが
のどそのものとしてうたっていて
書きはじめられるというのはうそで
書くという血がうたであるのどだとわたしはいま
たくさんの人たちが死んでいる
書いてみて
ただのどに書いている
勤めからもどるとうがいをすませ
あたためたものでうるおし
しずかにまるくなってかべをみている
日めくりや
水代のうけとり
よみかけの本をたてかけた朝のことばどおり
さむい日だったと湯をわかすためにうごく
ころすためにうごく

# 愛れんゆえに

まるいみえかたのゆくえにそって
きりとられていく
雨のつぶひとつふたつ
いつつむつ
うつしだされるわたしたちの愛れん
れうらんと西からひがしうえから下へ
はじかれるようにみえ消えし
ふとゆびにうけた晴れまのひとつぶに
あなたはとおりすぎた
いち陣の花ぐもりにまぎれてしまえばよかった
ゆたかな髪はたいまつのようにまひるのわたしたち
ゆわえてはほどきしてわらい

たっぷりとゆるんだくちびるからは
水のようなこえで花の名をならべている
わたしの名は花としてよばれない
花としてよばれなかった
ころもうつくしい春のひととき
くにぼめうたのまま
ほほをうつ雨もみじゅくなまま
からだのいろをうつしこみ
はらはらと
まぶたをひらきちらせていった
愛れんゆえに
そらはらんらんと燥いでひろがっている
まんまるい

# そらもよう

ほんのわずか手のとどかない
こころもようのあなたも
みえていたそらは
てのひらにおちて
ふたりはダンスをした
ひらいたページのうえでおどるうたのように
ときにはネコなんか抱いたりして
おひげのさきまで見つめあって
ゆれつづける
ゆびのふしまでくると
どちらかがしぜんにコーヒーをいれ
豆のかおりをふくんだこころで

にげていくあたたかさに手をのばし
ひとりでのんでいる
いつだったかほそいビルをのぼり
そらもはるか見晴らせるまどで
あなたがつぎつぎにおちていくのを
てのひらでうけて
いろいろなすがたをころがし
消えていったはなしを
いまコーヒーをさましながら
きいているひとときが残酷な
そらもようとなって
こころをうかべている

# のどかに愛し

のどかに愛し
きのうあったこともうかんでいる
ゆぶねをしずめるながいあいだ
なくなったよいからあけがたの
たよりのやりとり
はさんでいたしぐさ
ついばんでとんでいった
もうもどってこないとおもうと
てをあわせならすしかないひかりのなかで
えんえんとこえをならべて
みているとえんえんとえんえんと
とおく羽ばたいているほねのおとがきこえる

たがいにひびきあってでもいるかのよう
どんなにそらがせまいことか
あたりにあふれているこころの
うつりこんだゆぶねから
あふれているそらがたったいまも
うたうようにゆれるうたかたの
あとを目で追っていることが
たしかなことにおもえてくるのも
のどかに愛した

# 東京

ひとつまみの鹽のためだけに
わらいうまれ
おしりをさわるひともいる
もし東京へいらっしゃるときがあれば
うれしいのですが
さわるひとの多いところでも
つましいくらしを圧しゅくするはなしが
おちている
いずれゆれでもしたら本がおちてくる
そらがおちてくる
とこころおだやかではない日にち
女のひとのきもちのそらが

ひとびとをささえ
東京にもそらがあってしずかなわかれもあって
ひとりであるくみちもいく条かおちていく
もう花がおちるころの
みんなのうた
たずさえわらいだきあって
まつげのようにちりぢりと
ひとつまみの鹽を
信仰のもとにふらせ
あなたはまだそらがひらいている東京を
おゆるしになるのでしょうか

# 生きているうちは

生きているうちは
はやかったりおそかったり
ごめんなさいといえばともかく
うごいているはなやぎの気もち
ぶらさげて
食事はすすんでいくものです
ですがのっけからのどにかかるしずく
わたしのあなたのなりわいの
海からとおいうたごえ
ひろくゆたけくて（ごめんなさい
死んでいるものは生きかえり
生きているものは生きかえり

くみかわすうちに海はみち
あはあはうたってから
食事のあといっさいをひいていくのです
しずかにたちあがり
耳をむけて
いただきますとおもい
うみのおやとして
むかえにいくのです

# わたしたちはのびている

いどうのあいまに本をもちはこび
ときおり目をはしらせているから
たてにもよこにも
気はのびていくもので
いどうのあいまはひらいていく
そうしてわたしはあなたの窓まで
よみおえてしまうだろう
あいさつもそこそこに
すっかり食べちらかしてしまった皿が
おおきく鳴る
まだ時代がふくよかだったころ
テーブルにすわってよまれただろう事へんも

こえごえにあわせひびきあい
となりきんじょで頻々とおこっている
気はどうやら
ずいぶんのびやすくなってしまったみたい
すこしくちびるをとがらすだけで
あなたはわたしにあたたかい
あたたかい戦争がおわりなく窓からまどへ
つたっていったさきに本がとじられる
もうよむものなどどこにもない
こんなあん楽なこともない
こころやすらかにわたしたちは
しあわせにのびおよんでいる気ぶんで
いまあなたからくちびるをはなす

# 食事の作法

食べものをかこみながら
いろどりについてかんがえ
あたりまえにみていた所作を
いないあなたのうえでみていたのかと
うすうす
すぎてゆくことがここちよい
なまえをよぶことはついに
わたしたちのこえにふさわしくなかった
身がってなよびかたをゆるしあった
たとえばいまお皿のうえにころがっている穀物
芽のゆたかな根っこのたぐい
それぞれぬれたなまえをまるめ

（いつかわたしも口にはこんだことがある
しずまりかえっている
とてもあだっぽくたわわに影をつくって
食欲をみたしていくように
ひとこともないまま身をまかせて
すすんでいくわたしたちの食事
わたしはこの家で
あなたはどこか窓のあるところで
すくったり切ったりつまんだりしながら
ちいさくしていく
を正しい所作でたどっていくうちに
わたしたちはおたがいのなまえを
よびあっているこころを食べていく

# いつか終わりがきたとき

はなしをするものがたりをよんでいるから
かぞえあげただけのみえかたで
ふたりはよこになって
あすの朝をまつようになる
はなすというのは寝いきをきくこと
そっとぬけだして
よみかけのペーパーバックをめくると
きまってわたしたちの顔だちがかいてある
いまにもはなしだしそうに
わらっている
昼のかいもののときにまよって
手にしたものがテーブルにおいてあって

手にしなかったほうのことをとりわけ
はなしながら食事をしたから
ゆるゆると川がながれているようで
日ざしのいすわったぬくみで
だきあっているうちに寝いきは
衣ずれのように朝をよんでいるのだった
いまこのときが
わたしたちの朝だったといつか
おもいかえすかもしれない
ものがたりをはなすみたいに
こえをあわせているかもしれない
ながいながいむかしばなしくらい
とおくながめてから
空にいけたらそれでいいと
はなせるかもしれない

# かみさま

やんで土がかわいているうえに
いきをはしらせてしずむ景しきをのぼる
あざやかな風がひろびろとたわんでいる
こころがかみさまみたいに
芽ぶいているのだから
じゅうぶんに土は
ぬれていなければならないはずなのに
うまくうたうことができず
空にねころがっているしかなかった
ふあんもころがる
まるくあるく日ようび
髪をきってはしりぬけたまひるどき

ちいさなはやさでうたをちぎっては
ほいほいとまきちらし
うたぶいてくる
まるでよるであるよ
のこされた家のものたちがむし干しにみえる
いちまいめくってわらってはしっているものや
むっつりとすわりこんでいるものや
いろいろなよりしろをひらひら
あわせあってこれからも土を
たべていきていくという
はなしはありふれているから
日ようびをめくって
ぐるぐるとつづいている

# さようならはらはら

それから
よこ顔がたおやかだから
よこをむいてみないまま
耳でみているうちにあなたは
はらはらちっていくおとになった
あわててむくと
わたしははらはらとみていて
すっかりたおやかなおとに
すましてすわっているばかりだった
さようならさようなら
いのちがけだったゆびあそびも
それはきれいなみだれ咲きで

わたしたちはうっとりと死んでいくようだった
あまりにいそぎすぎた落花のおとにまるでにていて
いつまでもはらはらはらと
はらはらというおとの顔を
みているのももうしわけないくらいに
わたしはしずかなまま
すわっているばかりだった
ぴんとはった背すじをならべて
ながれていくはらはらというおとが
こぼれていくわたしたちをなみうたせ
このままちぎれてしまえば
こえとなってわたしはあなたは
なごりのみずのようだった

# 雨のおとをふらせてみる

ひとめぐりするといのちはうすよごれて
目のまえの雨おととしてわたしは
いる
ひたすらに本をくって
あたたかい気ぶんになるのは
雨をこうているからだった
こそばゆい気もちのまま傘をさして
まちあわせの雨をまっているうちに
するりとおちた本が
たしかなものにおもえてきて
すっかりぬらしていく雨にうつる
このさき生きていくことの

ひろさを
からだをのばしてたしかめてから
手をふってあなたに

雨のおとをふらせてみる
それからそっと傘をさしだして
傘のいろや模様のことをはなしてみる
とじたらぬれるとおもっているあなたが
たとえぬれたいろになるとしても
雨のおとはすべてだから

# 花をささげる

庭のひろがりをゆびでひろげて
みえてくる束をなぞるゆびをひらき
いちめんのにおいやかなこえを
ゆびさきでちらしてみる
まるでおしゃべりしているように
あなたのとなりでじっとしていた
もう春もちかいし
すぎゆくもののもとけてゆく
しらないものはゆくえににてくる
いくにんかのゆくえ
そうしてなりゆきをおもい
生きていることをおもい

ふたりはとっくにみえなくなって
まぶしいひろがりをまっているわけでもなく
ゆびをからめ
春のひとときにこがれる目で
いっしょにすごしていたとたずね
束ねていくうちに
ひろがるもののにおい
はなれゆくもののにおいをもとめても
いちめんのみえるものがすぎゆく
ふたりのころをつれ去って
花をささげもっているわたしのゆびさきを
切りおとしてみなさいくらいのはやさで

# ひとりだから髪はのびていく

ハサミで切っているところなんかを
もらい泣きしては
落ちていくきれはしをかきあつめる
ならべてみるともうあなたはいない
いつだったか　どちらだったか
髪にハサミをいれてわらったり
あらがったり
ひろったり
みえているのが花だったりして
きれいにすごせることの
きれあじをずっとながめていた
きもちよさそうに水をのむのをみているときみたいに
あれからしばらくは耳がつめたくて

きこえない声がとぎれることなくよせてくるので
海みたいだったんだな
なんて料理しながらテレビをみています
人がたたかっているのにふつりあいきわまりないのですが
たべるということも消えていってよかったのに
もごもごさせてさっきの髪をぬれたまま指でつまみ
こんなにもぬれている
ぬれてしまっている
切りおとしそこなうってこういうことなんだ
かたかったうでのすじがハサミにあわせてうごくのを
ただながめていたかったそれだけのことを
それだけのことすら
切りはなせない髪をゆるすときが
海にうかんでやってくるとおもい
うれしいとおもい
ひとりだから髪はのびていく

# あなたと傘のしたで

まぐれで
わたしにあらがいわたしをおもうのだと
口をとがらせていうから
ぬれたままとがらせるから
ホームへとすすみ
傘をわすれたと口をとがらせる
口のかたちをたもったまま（戦争に敗けました
しずかにみんなならんでいる
大陸であそんでいただけだというのに
あなたはいうから
こまかい転進をひらいてとがらせたまま
ぬれている奥地までしっぽり

いせいよくすすみ（ホームをはなれる
はやり
ひと目みただけの目じりや眉を
ゆびでならべながら
ゆびであわせながら
あなたのひらいている傘を
みつける（もうおわかれです
雨もそそと
あなたをつたう
ひらいたくちびるで水滴をうけ
戦意ののどまでながしてみたい
あなたの傘のはじいた水だから
わたしの存意も浮かんでゆれるでしょう
きれいなままのあなたのこじらせた
ものわすれをぬぐいさってしまいたい
人のうえにしたことを見なさい

# もえている高さの

もえている高さの
家いえのわらいごえのいろづく
そのしたでどのような顔をして
もえていくわたしをかたどっていたのか
走っていたのか　ねむっていたのか
そのとしの春の花ざかりのしたのように
えみつつおもいだしているすがたを
おもい浮かべてみることと
高さの
すきまをうめるすべは与えられてはいない
こわすことではない
もやすためにそらから落としていくそのさきに

さっきまでわらっていた家いえの
わたしやわたしたち
こどもやわたしがいたという
春の花ざかりのあとさきの
わたしのこどものこどものわたしのこどものわたしは
耳でわらいごえのもえている高さをきいた
いずれのもりの羽むしのひと羽が
ひとつの部落をふきとばすからには
海のむこうのたたかいのおとが
（わたしはわたしたちはみていた
もえている高さであってもいい
あってもいいということを
もえていくなかでみていたのかもしれない
ということをおもい浮かべてみることと
家いえのわらいごえのいろづきを
むすびつけるすべはみえない

# さようならのように

わたしはもうさようならをいわない
のどのところでまちあわせて
こんにちははじまるわらいをふくみ
そのときがきたとき
あなたは海のうえのそらをみていて
やがてそらが海にしずむのを
こころのひとをおもいながら
名まえをうかべながら
気がつくと海そのものになっていて
ゆたかなさようならのように
波おとをたてながら遠ざかっていった
あなたのよぶこえのよせくる気はいが

いまもそらのしたにたゆたっていることを
そのときにかさねるわけにはいかないと
信じつづけて耳をひたしたいとおもう
ふかくおもう
おもうけれどそのときから
いずれわたしたちをほろぼすお日さまが
あなたのかげをつくっていないことが
あなたのかげをつくったお日さま以上に
わたしたちを焦がしつづけていることが
あなたへのおもいでほど
ふかくはないと
おもえるとき
わたしはさようならののどになる

*

# ゆれつづける

おどり炎上ということがある
もろもろをうしろざまにすえおいて
くるしみくるしむくるしみくるしむと
ひたすらにくるくるまわりめぐり狂う
くるものはきた
いずれのいのちもくるくる
わけもわからずあてもなくふうといきをもらし
そそうをわびながらいきながらえていくのである
うれのこりの　のようにいろめいてほくそえみ
ひとつ
わずかひとつのかみあわせのそそうから
ゆびのかずや

ねごとのくらさ
ゆれつづけるみみたぶのはやさ
これらいっさいがとおくながい年号となって
わたしをみつめている
じっとわたしのきもちよくなっていくのをまっている
はて
水たまりにうつりこんだうごくものがまま
うつくしいうつくしいしいしいせっせとうごく

# しらべ染

つらなるようにつらなりこえはいずれもつらなる
さみだれしきにしきいきをひらき
耳をならべていくばかりに人どおりもつらなる
まるで
十二音階の複雑にかさなりあっているにこやかさで
いくえにもくちびるがふれたりはなれたりしている
とあるこころのゆくすえにたどりついた冬のはな
うたにあるようにそれはわたしたちのうた
ひらいては落ちおちてはひらく陽ざしはいまも
のどをふるわせているからつらつらと
うつらうつらと
ひびきはのどかにひろがっていくわ

頁をめくるめくにおいのうつろいに顔をちかづけて
くるくるとめぐる眼ににおいやかないのちのやりとりに
すませるだけのおおどかな耳があればいいのに
さもありなんさもありなんと身にうけとめてともに
うたえばわたしたちのいろは
にほへと
ちり
ぬる
をおなじくしていくことができるだろうに
はなには口でつたえられてきた波があるはずで
いつもころあいにわたしたちはつどってみはるかし
いきているわ
はなもいろかもうた〳〵もやゝすきて
いつかは紙にしんでいくの
人はおびただしくしんでいくの

# ねむりあい

しずかというものがたりかたからかたむいて
まるみをおびたわたしたち
いっついのゆめははてもなく
こころあらわれるほどに春はちかい
そらはほらひとりのためにはゆたかだけれど
みつめあうはなさきにはとてもせまくて
いきがつまりそうとおもう
よこたえてみてはじめてみえるものがあり
景しきがあり
こえのそまっていくすがたが
とほうもなくなつかしく
うたうことがそのまま愛であって

だまっていたって目にはものがみえている
しずか
と
ものがたりつつ
からだよせあわねばならないほどのかたむきに
しわよった惑星のひきあうように
うたは
でたりひっこんだりしてながれていく
ねむる

# み空

おぼえたてのものをみせてくれるという
みぎのてのひらですっかりみえなくなったものが
ひだりのてのひらからのびてくるという
てのひらではなく
みぎの耳ひだりのみみ
だったのかもしれない
からふかししてふかふかになった蒲団
いつもの陽だまりにはあああがいて
耳をひっぱったりして過ごしていたあれは
おぼえたてのしあわせだったのかもしれない
かいびゃくいらいのものもらい
じらいこころへんはあらたか

おぼえたてのうたにのせて手あしをうごかす
まるでほとんどわかっていたひらめきみたいに
ひらいたさかなのわたのまあたらしいあかりに
ほのみたおまえのはかない耳たぶ
みえなくなったもののありかの
耳たぶ
とべるくらいにひらひらさせて
み空へとすいこまれていった（みえなくなった

# みだれ髪

落城のはや馬くらいゆたかな清みずで
からだをあらいまぶたもおもい
夏だったね
かわいい微熱に名をつけるとそうなる
だったねというわりにいきいきとして
ためこんでいたわかれのあいさつを
のんのんと
のおんおんと
のべてみたまでのこと
水のきれていないゆびさきのさす方へむかって
おもくなるこころのほかは
からだとて

熱をふくんだうたごえにすぎなくて
もう見もしらないふりをして
こんにちはなんてあいさつで
ふたりとおりすぎるのは
乱世だとおもうのです
まあたらしいおくれ毛をむすびあわせて
水をむすんでのんだ（ぬれないように
うつりこんだふたりふわりときえて
また浮かんで
ぼんやりとここちよくいなくなってしまいたかった

# 浮きぐさ

手がみがなるのはもじがみえるから
でしょうか
耳をすますと首もゆれます
（ほんにいい書体だこと
もしも
もしもですが
手をつないだときに
あなたがぬれているのがきこえたら
わたしはきっとうたわずにはいられないでしょう
ながれはじめた耳うちの
そのうちがわの小川のよりべのもじのゆび
ねむりましょうこのまま手がみのおわりまで

一行のゆびをうかべながら
そうそうと草々ととじるからだものどけくて
たるいにちにちにのびていきましょう
浮かれるわ

# ながいなまえ

日もちする気もち
みたいなひとを
１０００ページならべてみたところで
チーズトーストのうまさはうまいまま
まえにまえにまえにまえのめってしまい
ろくにニュースもみないままいま
ママとつぶやいている
そらのしたのつましい人たちよ
うしろに負っている日々をたくましげに
みつめてみようとおもったらそのとき
どうか手がみをかいておくってほしい
１０００枚くらいで気ぶんもふりきれ

冬がはじまるわたしそのものも
折おりのうたくらいは
かえせる
まいにちのこしてある紙きれにそう
かいてある
ひらがなみたいな気ぶんでずっといよう
これからもながなが

# すずめ

まわりくどい部屋にいながらにして
ファッションのことを
かんがえつづけている日々を人は
たのしいものだとしている
たのしんでいるかもしれない
きたきりすずめのわたしには
目もあてられないサジかげんで
人の気ぶんもずいぶんとかわるとおもう
ファッションのことをかんがえているからだ
日々はいずれも部屋にあったし
わたしは部屋でひねもすきたきりすずめ
からだをあらためるときのみ

ほうりだされる衣るいのなかで
ひる寝をしたりテレビをみたりしている
そんなながい時げんのどこかできっと
うたっているようなこともある
かんがえていることがたとえファッションのことで
あってもなくても
アジアの工場でつくられたものを
身にまとっていると
ふしぎにのどかなのどのなかから
うたがうまれて
ただただかなしいだけ
それだけ部屋にすわっている

# およいでいる

かみあわせがわるいがために
うしなわれるものがある
たとえばはつ恋
それもそうとうに毛なみのいい
ふらここにのれないことも
かみあわせがわるいせいかもしれない
ゆっくりゆれるものとして
恋しいとこいねがうこともしずかで
あまりにせつなくてうまく
かみあわない話をつづけてしまう
こぼれていくゆびさきを
あわててひろいあつめるように

口をぱくぱくしていて
きれいにおよいでいる魚になる
きれいにならんでいる
うろこがひかって
はならびもみえる
だからきこえていたんだ
あなたのうたごえ

# じゅ珠

わたりにふねにのって風をおいぬけ
ここはわたしたちのうばわれる滋みではない
土地ははるかなにおいとおいのり
すわりつづけるものではない
かすかな
いのちのうきしずみ
いまでもたしかないり日のあかさ
かたりつくしていけば
わらわらとわいてでてくるしおらしさ
かわいらしさ
ふなうたにのってめでてやろう
のっとでるものをしめてやろう

じゅ珠つなぎになってらんらんと
うたをひからせている毛もののように
あらゆるうごいているもののように
わらいたいときにはりあげ
ながながとのばしていくうちに
ひとすじのうつくしいリズムになって
いっせいにそれは風になる

# 海のうた

およいでいるものを
がんばれとはげますその背なかが
ほしをうつしてただよっている
ひろい土地と
おきてをひろげて
とおくはるかな海にうかんでいる
すすんでいるものを
がんばれとはげましている
目をみてものをいえという
いいえ
およいでいるこの海をみている
ほしのようにきえていく話を

たたえている
それをとじてしまえばいい
うたはそこからながれていくし
およいですらいるのかもしれない
それからたくさんの土地やおきてを
むすんでいき
ひろがりとなり
海となる

# あみもの

かいなでてみえる景しきがある
ゆびのとおるくらいしずかなおもいでよ
ゆれやまないまくら木のうえのわたしたち
なげうてば波もたち
うきつしずみつ
こえは条をつづけてのびている
ドラマはいきなりはじまった
目やみみは
ひとつの情報となってたばねられる
ちいさなおこないの数かずとなる
くりかえされるほころびと
つくろい

わたしたちのしたには敷もののぬくもりがある
景しきにふさわしいならび方をした編みめをさわる
のけぞってしまえばいいさわり方をしている
笛がなり
太鼓もひびく
のこされたのはのびきったところのうたではないか
まるでうたではないか
くだけてさけてちってきえる

# 存在

いるものをいるといわないでいる
これもいわないでいる
なるほどいつまでたってもいるわけだ
わたしたちはいる
ただいたずらにたれ流されているわけではない
こまった顔をしてつり糸をたれるくらい
獲ものたちもみている
さっきまでおよいでいたやつらだ
しかもいまはつりあげられて（だれに？）
いない
いまはつりあげられていないとしんじて
いる

このようにすこしうごくだけで
いないものたちもいることになるほど
やっかいきわまりない
三まいにおろしてのこった頭で
こちらをみていることに
これ以上たえられなくなったので
いるものをいるといわないでいる
いるものをいるといわないでいる
これはもううたではないか

# あるき念仏

わたしたものがわたしたさきからうしなわれる
ないているのはこころではない
くりかえし人びとはいのちがあって
からがらあるいてきたときいている
きいているいのちもえんえんと
えんえんとのびてきたようにみえる
旧記にある
うたになっている
うしなわれたわけではないものしかこの世にはない
わたしたものは
すべてわたされている
ためしにうたってみるとわかる

おおきなことにうろたえ
かちどきをあげることを
うたうとはいわない
けっしていわない
くりかえし人びとはからがらあるいてきて
えんえんとあるいてきて
うたになっている

# 砂がすすむ

ああここで砂の女はおもいつかれたのか
砂をすすむと砂がくる
のどのところでいくどもふりかえる
砂がおちていく
まえをむくと砂がくる
おーい
こえをまじえて砂をける
おちていくこえに
こたえるものはない
背なかには山やまやみやげもの屋
砂をうっているものもある
売るほどあるものが

とめどなくこちらにくる
これはもどれないな
きっとあるとおもっていた海に
海にむかってパラグライダーが
風をうけている
砂をうけるように海にすすんでいる
おなじようにわたしたちのすすむさきに
砂のうたがするすると
さらに砂のまえをすべっていく
すすむさきに
砂があるというのは
ゆたかなことだ

# すそ野

ひろいすそ野をすぎるとそこは
人びとのわだちがつづき
おまけに川までながれているのだった
合りゅうするところで目くばせをしている
かの女たちは山へむかうはずだのに
そこここで根をはって
いろづいた風でしゃべっているから
ながれてきたはなびらにも指紋があるといいはる
おまえはどこそこのものだ
おまえはその時ぶんのものだ
ああだこうだいっている
とおりすがりに根から幹をなでてやると

風がやみ
いろがはなやぎゆれる
さっきまできっとさわいでいた
そっとみみうちしてぽんと尻をはたいて
すそをからげてにげていくのをみとどける
まるでうたっているみたいにはなびらが
すそ野をおおいはじめた
どこそこのものは
その時ぶんのものは
いっせいにながれてくるうたごえをめくりあげ
ぱっと散るはなとまがううちに
おまえこそがうただったんだね
いいかんじよ
みみたぶがはなみたいで

# ひのまる

たまにはやどるのもいい
それからねむるのもやめて
大どおりにでてゆるしがたし
ゆるしがたし
となえて自販のあかりでぬくもろう
ふさわしい衣しょうであるき
やおら缶けりをはじめると
かっこいい気ぶんになれてすがしい
いいつのるまえに
うたにしたためてしたたらし
うけとったはしから唱和して
にっぽんはうつくしい

にっぽんはうつくしい
ちょうどいろづく季せつに
こどものようにあかくそまった日々
たのしかった日々
ともだちとさよならしてむかう
玄関さきのみだれたクロックスや
新聞紙をかぶったゆめを
印字していけたらすばらしいすばらしい
ひところのあっけないゆめを
ゆめのあとさきを
かつてもなかったおもいで
いるうちに
はじめてうたはつがれていく
ながれるときとなる
血のようにひろがっていく
それとなくひるがえっていく

# 事へん

あかりをつけるためには
あかりをふやさねばならない
うたうようにいう
ふやしたあかりのしたで
つましい夕食をとる
いのりのようにとる
ひろがるあかり
事へんにさしあたり
あかりのきえていく方からの
ながめにふれてまわろう
きっと人びとやわたしたちの
家がそこにたっているように

食べのこしたゆびさきの
さしている方がくのすすむはやさに
ふたりの話がふくまれているとは
かぎらない時代に
とっくに人びとやわたしたちの
ながめはなっていたのかもしれない
陽のないひろがりに
みえるわたしたちのうたは
あとわずかだけれど
あかりにちがいない
うたうようにいう

# パリはもえている

もういくつねる
いくつねる
いく
つねる
うたはいつだってこえだった
しんしんとおもてのけしきをおもっても
ひとつのこらずきえてしまう
わだかまりというものだ
ことばというもののぞん念をいえば
わだかまりしかない
くちをついてでるものといえば
こえにすぎないわけで

うたっているのはしたがって
ふたりだけでするあそびにみえる
パリはもえている
こえにしていないうちは
ことばだけのことかもしれない
パリはもえている
ことをことばといっていけないだろうか
いまでも人びとはひざをついて
いつまでもきえることのないことばを
みつめるさきから
うたがうたをよんでいる

# らせん譜

ねじれているまわりで
ひざをついてくとわらう
ワンカットでとらえるには
すぎた恋だったのだ
そのじつ
歌論のような文しょをおくりつけ
このうた　いいな
はさんだ頁にははなのそえものが
においやかに
ねじれてのびていた
ひらいてみるとしずかに
カウンターでのんでいたのだった

すぎてゆく時間
かわいていく笑がお
つまはじきされることで日々が
緑化されていくから
ふたりはいつまでたっても
手をつないだ橋のようにねじれて
うたとうたのあいだにかかっている
つゆのみならず葉は
くれないいやなにや千ぢに
みだれていくはずではないか
さもありなんと目をみても
はじまりはいつも耳のぐるりで
ぬれているのだから
つまりはなはとじられるわ
しっているわ

*

# ためらいわらい

かたい畝をわたしたちあのひとたちは
まじりあうようにひらいては閉じひらいた
かちかちとなりはじめた
ながれうつろうぬかるんだ陽ざしから
芽吹くものをしずかにまっていた
「わらったのはだれか」
「わらったものが芽吹いたのです」
わらったものが芽吹いた
わたしたちあのひとたちにながれていた
水のおきてが土を割って
浴びつづけたのですから
わらったものはわらったものでよかったのです

あのまま生きておれば
うたっておれば
よかった
おめおめというおとをたてて
こぼれちる耳状のかそけさをたどったところ
いよいよもって肌辺はふかい

気おくれのほつれをかきあげ
わたしたちあのひとたちの肌は
るるにおいたてて五体をはなやがせ
なげうったまま立ちあがらずぶつぶつと
となえるように土から気化していった
わたしたちあのひとたちのしあわせだった部位
ごくまれには婚礼で荒れた口づたえや口々
おめおめとそれはおめおめと
はやしたてては四方でのぼせた

わらったものはわらったものでよかったのですから
わらいつめる花びらの濡れ縁にすわって
ひくひくと魚の目をはわせてみようとおもい
畝にゆっくりまいた水のしずかさのように
ひくい目線のままはわせていって
わたしたちあのひとたちのしあわせと出あったら
それからもう一度だけわらってみせても
いよいよもって肌辺はふかいということでした

# おはようはじまり

おはようと顔にかいてある
あやとりの人かげ
巣へともちかえる指のうらがわから
きき耳をたてて
こころおだやかな朝まだきに腕をまいた
歌仙にからませて腕をまいた
あのとき水をむすんだてのひらまでのみちみちを
季節でいろどりうつろわせ
ほうぼうにしぐさをおいていく
しだいしだい
それぞれの表情にはいろが失せ
語りぐさのしぐさをみせるほど

冬じたくみたく
ものもらいでうめつくしてやれ
しあわせになりたいわたしたちもふくめ
声をあわせあいたいわたしたちもふくめ
朝餉のあわせ味噌
あたりにただよう路地にのびる
においが耳のかたちで蛹みたいだ
蛹の心はしあわせの味でしめられている
おはよう
はじまりにむけてみんなうたをしたためる
お膳の箏を味噌汁にひたし
韻律をまいた水にうかべながめして
箸やすめをまたいで一礼を服す

# さすらいおもいで

母語のようにしずかな朝
舟に歯をたてておとがちらばる
水をひたしはじめる海うみ
おはよう

うごきのあるものを動かすしあわせ
うかべて舟をだした
さあ岩をどけて
あるものが海へとながれこんでいった
ゆれつづけるわたしたちのしあわせ
舟は
もうじき地平へ落ちる

ああまるで椿のようではないか
と夢をおもわせる海原をおもう
わたしたちのしあわせはゆれつづけ
ゆれつづけうごいたわたしたちのこころ
ひとつひとつが舟の照りかげりだとしたら
海はやさしい

春をまつたましいがちかい
もらいものの水もちりぢり
まぶしいくらいそばちかくの
ふせたまつげにくちびるをつけた
気がつくと水びたしの頬にも
芽ぶくふしあわせがあって
あのときつねったあとがまるで
くちびるみたいにふくらんで
ふくらみきってそれは

地平となって舟があつまり
もう春ですね
もう春ですね
うごきのあるものですから
いろづいた花ふさ
かわくことのない岩
いっぱいにひらいた
やさしい海のおと
ゆれているのはひだひだのわたし
うごいているのはひとつひとつのおまえ

文字をつかって言葉をつらねるとして、愉楽をもたらすものが果たして何なのか、とかんがえてみますと、それはまちがいなく韻律の仕掛けによっているということがわかります。流麗さもさることながら、摩擦の多い韻律であってもそれは変わりません。むろん黙読をするときに幽かに脳の舌先で転がされる韻律のことです。もちろん言葉ですから、そこに意味と名指される何かは付着するわけですが、意味が愉楽をもたらすわけではありませんので、いうなれば添えものに過ぎないのかもしれません。ただし、言葉がもつ幾重もの意味の層が常に揺れつづけることで色がひろがり、私たちの脳である種のリズムが生まれてくることも確かで、韻律といった場合、単なる音韻上のリズムをさすわけではなさそうです。

# 目次

sound & color

二〇一六年七月一五日　初版第一刷発行
二〇一六年九月一五日　初版第二刷発行

著　者　髙塚　謙太郎

発行者　知念　明子
発行所　七　月　堂
〒一五六―〇〇四三　東京都世田谷区松原二―二六―六
電話　〇三―三三二五―五七一七
FAX　〇三―三三二五―五七三一


Printed in Japan
ISBN 978-4-87944-254-3 C0092